Chinz

Jupp

Buch

1 gebrochenes Herz,
2 Abende mit Schreibblock,
4 Flaschen Rotwein.
(Das Jugendwerk des Autors. Sturm und Drang wäre schön gewesen; es ist dann aber doch nur ein leichter Windhauch geblieben...)

Autor

Chinz, 1968 in Köln geboren, wohnt heute in Varel.

Er arbeitet als Krankenpfleger, lebt als Musiker und Schriftsteller und bezeichnet sich selbst als gut gelaunten Melancholiker.

Bisher erschienen:
- „Alzagra", Roman
- „Die Brücke" (Kommissar Kittys erster Fall), Krimi
- „Fast zu spät" (Das Schweigen der Glascontainer), Roman
- „Ruhe sanft" (Kommissar Kittys zweiter Fall), Krimi
- „Die Besucher", Theaterstück

Chinz

Jupp

Novelle

Tiff & Toff Taschenbuch 006

Die Deutsche Nationalbibliothek verzeichnet diese Publikation in der Deutschen Nationalbibliografie; detaillierte bibliografische Daten sind im Internet über http://dnb.dnb.de abrufbar.

Erstauflage 1992
© dieser überarbeiteten Ausgabe:
2017 by Chinz und Tiff & Toff – Verlag
Hullenwiesenstraße 8
26316 Varel
www.TiffundToff-Verlag.de

Herstellung und Verlag:
BoD – Books on Demand, Norderstedt
ISBN: 978-3-7431-6576-2

für Anja M.W.

„*Wunderlichstes Buch der Bücher ist das Buch der Liebe.*
Aufmerksam hab ich's gelesen:
Wenig Blätter Freuden,
Ganze Hefte Leiden;
Einen Abschnitt macht die Trennung.
Wiedersehn! Ein klein Kapitel, fragmentarisch.
Bände Kummers, mit Erklärungen verlängert,
Endlos, ohne Maß."

(Johann Wolfgang von Goethe)

- 1 -

Im Hintergrund weiße Fassaden der Kölner Altstadt, Heckenrosen und ein Baum mit weitausladenden Ästen.

Im Vordergrund Marie, auf einer Steinmauer sitzend, die Beine angezogen, die Arme um ihre Knie gelegt, leicht genervt darauf wartend, dass ich endlich fotografiere.

Auf dem Foto sieht man ihr die Genervtheit zum Glück nicht an. Sie starrt in die Ferne, ein angedeutetes Lächeln im Gesicht. Die langen, lockigen, braunen Haare umspielen ihr weißes T-Shirt; darunter ein rostbrauner Rock bis zu den Knien; weiter bis zu den schwarzen Schnürschuhen zwei wohlgeformte nackte Unterschenkel, die meiner Meinung nach ausreichen, das Foto für Jugendliche unter sechzehn Jahren zu verbieten.

Links neben ihr ihre orange-braune Tasche, rechts eine Tüte Süßkirschen, die wir auf dem Weg hierher gekauft haben.

Das andere Foto, das ich dauernd mit mir rumtrage:

Im Hintergrund die österreichischen Alpen und klarer Himmel.

Vorne, auf einem kleinen Felsen sitzend, mein Vater, die Beine angezogen, den einen Arm auf das linke Knie gelegt, den Kopf auf die rechte Hand gestützt. Brauner Pulli, rote Hose, braune Bergstiefel.

Ich kenne kein anderes Bild, auf dem jemand so müde und resigniert aussieht.

Links neben ihm seine graue Tasche, rechts nichts.

Gemeinsam ist den beiden Bildern, den beiden Personen, dass sie aussehen, als würden sie sich fragen:

Hat es sich gelohnt? und *Was soll nun werden?*

Aber das kann man wahrscheinlich in die meisten Gesichter reininterpretieren. Zufällig habe ich noch ein Klassenfoto dabei und da gucken zehn von achtzehn auch so.

(Ich übrigens nicht; ich scheine eher eingeschlafen zu sein.)

Noch ein Versuch:

Gemeinsam ist den beiden Bildern, den beiden Personen, dass sie aussehen, als würden sie sich fragen:

Hat es sich gelohnt mit Chinz? und *Was soll nun aus Chinz werden?*

An dieser Stelle wird es wohl Zeit, mich vorzustellen:

Ich heiße Chinz, bin vierundzwanzig Jahre alt und seit gut zwanzig Minuten Schriftsteller. Ich sitze bei meinem Brüderchen und trinke Rotwein. Er macht seine Leinwand voll, und da ich nicht malen kann, schreibe ich halt – irgendwie muss man das Saufen ja rechtfertigen...

Das wäre übrigens noch eine Gemeinsamkeit der beiden Personen:

Sie trinken beide keinen Alkohol. Wobei es Vattern wohl mehr beunruhigt, dass ich Alk konsumiere, als Marie.

An dieser Stelle wird es wohl Zeit, usw.

Marie ist zweiundzwanzig Jahre alt, studiert Logopädie und ist seit neun Monaten meine Traumfrau – Irgendwie muss man das Weiterleben ja motivieren...

Mein Vater heißt Hermann, ist dreiundsechzig Jahre alt, pensionierter Bundesbahnbeamter und irgendwie fällt mir zu ihm kein Bindestrich ein...

Ich bin es alleine, der diese beiden unterschiedlichen Personen zusammenbringt:

Sie sind mein Leben.

Marie ist der Grund, die Motivation all meines Tuns und Vattern ist der Grund all dessen, was ich mich nicht traue zu probieren.

Die Bilder dauernd vor Augen:

Marie, die darauf wartet, dass ich etwas mache (z.B. sie fotografieren) und Vattern, der traurig dasitzt und darüber nachsinnt, was seine Söhne wieder angestellt haben und ob denn vielleicht doch noch etwas aus ihnen wird.

Momentane Prognose:

Beide werden vergeblich warten...

- 2 -

Noch eine Prognose:

Vattern wird wohl nie Maries Schwiegervater.

Er wäre wahrscheinlich auch nicht sonderlich begeistert, da sie nicht sonderlich gläubig ist und das für ihn das Entscheidende ist.

Ich wäre sonderlich begeistert, da ich sie sonderlich liebe und das das Entscheidende ist.

Marie? Hat bestimmt nichts gegen meinen Vater. Fand ihn das eine Mal, als sie ihn sah, sehr nett. Gegen mich hat sie auch nichts, aber halt auch nicht sonderlich viel für mich, oder vielleicht sogar doch recht viel, aber halt für einen anderen mehr - sonderlich mehr!

Ich beginne von vorne:
Am Anfang schuf Gott Himmel und Erde. Danach geschah lange Zeit nichts Entscheidendes.
Am 23. November vorigen Jahres dann, war ich auf Pauls Geburtstagsfeier und lernte Marie kennen. Die beiden waren damals noch zusammen und Paul war mein bester Freund.
An dieser Stelle...
Paul ist vierundzwanzig Jahre alt, studiert Geschichte in Bochum und ist seit fünf Monaten wieder mit Marie zusammen – Irgendwie muss man die Sprachform ja wahren...
Auf der Geburtstagsfeier stellt uns Paul gegenseitig vor:
„Das ist Marie. Das ist Chinz."
Wir schauen uns beide etwas verlegen an und schütteln uns kurz die Hand, dann gehe ich wieder zurück zu meinem Bier und sie unterhält sich mit Paul.
Ich habe keine Zärtlichkeiten der beiden an diesem Abend in Erinnerung.
Später sitzt Marie ohne Gesprächspartner rum. Ich setze mich dazu und wir unterhalten uns drei Stunden lang richtig gut und tiefgehend, trotz Lärm und Tanz neben und vor uns.
Sie wohnt noch in Bochum, will eventuell nach Köln ziehen; so lade ich sie ein, mich zu besuchen, um Köln kennenzulernen.

Am nächsten Morgen, beim Frühstück mit zwölf Leuten, sage ich kein Wort.

Ich habe früher oft mit Paul auf der Terrasse gesessen und Rotwein getrunken. Wir haben uns über unseren Glauben und die vielen Nachteile von Frauen unterhalten. Wir waren beide lange solo und hingen alten, nie überwundenen Verliebtheiten nach, und die Gespräche und der Rotwein verstärkten unseren Glauben und den Frauenhass.

Es gab sogar das Gerücht, dass wir schwul seien, weil wir so eng befreundet und so antifrau waren. Ich habe nie verstanden, worauf sich der Begriff Schwul letztendlich bezieht. Wenn er die Liebe zwischen Männern meint, dann stimmte das Gerücht, aber falls er Sex zwischen Männern meint, lag es völlig daneben.

Nun, mir egal. Interessiert mich noch weniger, als dieses Geschreibse hier jemand interessiert!

Nach einer gewissen Menge Rotwein werde ich immer fürchterlich selbstmitleidig. Dagegen hilft nur eins: Solange Rotwein nachschütten, bis die Phase vorbei ist.

Wo war ich?

Ich lernte dann Sabine kennen und lieben und sie liebte mich und das erste Mal in meinem Leben war dieser Begriff für mich mit Leben gefüllt.

Übrigens verlor ich ungefähr um diese Zeit meinen Glauben, weswegen ich die gewagte These aufstelle, dass viele Männer in der Frau nicht den Mutterersatz, sondern den Gottesersatz suchen. Wer hat denn auch schon früher seine Mutter mit Begriffen wie himmlisch oder göttlich belegt?

Mal abgesehen davon, dass Frauen ähnlich rätselhafte und unergründliche Wesen sind, denen man nie richtig nahe kommen kann und als letztes Beispiel noch dies:

Beide, Gott und Frauen, machen viele Versprechungen, reden viel und tun wenig.

(Wahrscheinlich ist die feministische Theologie von dieser meiner Beweisführung, dass Gott eine Frau ist, nicht sonderlich begeistert.)

Paul war erschüttert, als er hörte, dass die *„Burg Chinz"* gefallen sei, und einige Zeit war es schwieriger, mit ihm über Frauen zu lästern, da ich nicht immer glaubwürdig schien, als frisch Verliebter.

Doch ein paar Monate später musste er mir dann gestehen, dass sein Frauenhass nun auch von einer Verliebtheit namens Marie unterwandert sei. Er hat es nie Verliebtheit genannt, aber Sätze wie *„Ich würde mich sogar so weit aus dem Fenster lehnen, zu sagen: Ich mag sie. Naja, Willy Brandt mag ich auch."* verrieten dem Fachmann ein tieferes Gefühlsgeschehen, als bei den meisten Verliebten, die man so kennt.

Kurz gesagt: Wir hatten wieder eine gemeinsame Lästerungsgrundlage und genossen Rotwein und Verständnis.

- 5 -

Mein Brüderchen zeigt mir gerade ein Foto vom Garten unserer Eltern: Zwischen riesigen Sonnenblumen und allem möglichen Grün, das über neunzig Protzent des Bildes ausmacht, stehen Muttern und Vattern; Vattern den Arm halb um sie; beide schauen glücklich.

Eines Tages wird der Garten mir gehören. Werde ich dann vielleicht dort stehen, mit Marie, den Arm ganz um sie, beide schauen glücklich?

Nein.

Zum einen wird der Garten unter meiner Fuchtel kaum so gepflegt und grün aussehen und zum anderen werde ich das Ehepaar Paul & Marie zu mir in den Garten einladen, von den beiden ein Foto machen und dann später selbstmitleidig in der Gartenlaube vor dem Foto sitzen und Rotwein trinken, und die beiden werden glücklich aussehen...

- 6 -

Ich schaue das Blatt skeptisch an; es schweigt verlegen.

Glaub ich das, was ich da schreibe?

Ich schau mich im Spiegel an:

Der Rotwein ist in den Augen angekommen. – Sie schimmern rot und feucht.

Woher kommt der Mittelfinger am rechten Bildrand?

Mooooooment!

Was schreibe ich hier eigentlich?

- 7 -

Falls jetzt ein Bruch in der Geschichte kommen sollte – Ich habe gerade den Rotwein gewechselt. Die erste Flasche ist leer. Da beides trockene Franzosen sind, dürfte sich allerdings nicht viel verändern.

P.S.:

Wie ich mein Brüderchen darum beneide, malen zu können!

Ein Bild erfasst man mit einem Blick und dann sucht man die Details.

Ein Buch erfasst man nach und nach, beim Zusammenziehen der einzelnen Seiten, wenn überhaupt, und für die Details müsste man es ein zweites Mal lesen.

Das Buch ist die Trompete, aus der immer nur ein Ton auf einmal kommt; das Gemälde ist das Klavier, mit dem Hallpedal...

Wieder mal erfolgreich (?) davon abgelenkt, dass ich halt einfach noch nicht gut Trompete spielen kann.

- 8 -

Vor kurzem hatte ich einen furchtbaren Traum:

Paul und Marie waren in einem brennenden Hochhaus im achten Stock und beide sprangen aus dem Fenster, und ich stand unten und wusste nicht, wen ich auffangen sollte...

Völliger Schwachsinn natürlich, aber ich war schweißgebadet und sehr unruhig, als ich aufwachte und dann explodierte ausgerechnet in diesem Moment eine Flasche Gerolsteiner in dem Kasten, den ich am Vortag geholt hatte. Es war noch nicht mal laut, aber sehr gruselig, insbesondere das Gluckern und Sprudeln, als das Wasser auslief.

Ich machte Licht und sah nach. Von der Flasche war der Boden glatt raus getrennt. Gegen meine Unruhe half das nicht wirklich und gerade fasste ich den Gedanken: „Jetzt noch ein Zeichen des Schicksals und ich...", da klingelte das Telefon, nachts um halb drei und zwar dreimal und das letzte Mal abgewürgt.

Ich wusste nicht was, aber irgendwas war los. Irgendwas wollte mir eine höhere Gewalt sagen. Irgendwas musste ich tun, bloß was?!?

Ich rief Paul an; er ging nicht ran.

Ich fuhr zu seiner Wohnung; im Wohnzimmer brannte Licht. Ich wollte gerade klingeln, als ich unterdrückte Frauenschreie von drinnen vernahm. Hörte sich nach Marie an. Bloß: War dies nun ein Verbrechen oder liebten sie sich gerade?

Beim Nähergehen sah ich dann, dass eine Scheibe eingeschlagen war. Ich rief die Polizei aus der nahe gelegenen Telefonzelle an und ging dann zur Soforthilfe über:

Ich brach die Tür auf, indem ich mich dagegen warf.

Nach diesem ohrenbetäubenden Poltern herrschte erst mal Stille im Haus, so dass man meine Brille fallen hören konnte.

Den weiteren Verlauf weiß ich nicht so genau, denn ohne Brille bin ich fast blind. Ich stürzte mich auf eine Person, die mir entgegenkam und schlug sie nieder; auch dem Nächsten konnte ich noch einen Schlag in den Magen versetzen, bevor ich dermaßen eins vors Auge bekam, dass ich bewusstlos zusammensackte...

Als ich wieder aufwache, sitzt mein Brüderchen vor mir, trinkt einen Schluck Rotwein und erklärt mir, dass ich gar keine Brille trage und mir das Ganze nur ausgedacht habe.

Mein Wein wird rot vor Scham.

Klar habe ich mir das ausgedacht, aber doch mit guter Absicht:

Ich wollte ein bisschen Action in das Buch bringen, und überhaupt, was sitzt er denn hier rum, statt zu malen?!

Nun gut, hätte ich bis jetzt die ganze Zeit im Stehen geschrieben...

Was mich beunruhigt, ist die Erkenntnis, dass auch das Erfundene nicht spannender zu lesen ist. – Liegt es vielleicht nicht am Inhalt, sondern am Schriftsteller?

Warum schreibe ich überhaupt?

Aus dem gleichen Grund, weshalb ich Rotwein trinke:

Weil es Spaß macht und (als Unterschied) weil es gut tut.

Es gab schon viele Abende, wo ich das Schreiben für immer aufgeben wollte, weil ich für das Entscheidende nie Worte fand, es nie geschafft habe Glück zu schreiben!

Oft Verzweiflung darüber und wahrlich ein Grund Rotwein zu trinken, aber ich habe es geschafft, Frust zu schreiben und bin ihn dadurch manchmal los geworden.

(Vielleicht ist es ein wahres Glück, Glück nicht schreiben zu können.)

P.S.:
Ich wüsste wirklich nicht, wen ich auffangen sollte...

Als ich Vattern auf dem Rückweg von einem langen, nervenden Umzug fragte, ob er einen Keks haben möchte, erwiderte er trocken:

„Danke, ich hab die Schnauze schon voll!"

Mein Lieblingszitat von ihm ist aber seine Antwort auf die Frage „Wie geht's?":

„Beschissen ist noch geprahlt!"

Was ist mein Lieblingszitat von Marie?

Mir fällt spontan nur ihre Antwort auf meine Bemerkung, dass ich graue Haare bekommen hätte, ein:

„Ach, Schnickschnack!"

Ich glaube, es ist sehr viel mehr ihr Schweigen, was ich am liebsten zitiere:

„...
...
...
...
..."

Die beiden Zitate werfen ein falsches Licht auf meinen Vater.

Er lässt sich sehr selten zu so vulgärer Sprache hinreißen; früher nie.

Früher hat er mich geohrfeigt, wenn ich irgendwas mit *Scheiße* gesagt habe.

Er war ein strenger Vater und sehr auf korrektes Benehmen und anständige Sprache bei seinen drei Söhnen bedacht. Ich habe ihn lange Zeit gehasst für seine Strenge, die manchmal ungerecht war und für sein oft genervtes, unwirsches Auftreten gegenüber meiner Mutter, die ich lange sehr liebte.

Heute frage ich mich ja eher, wie er es die vielen Jahre mit ihr ausgehalten hat. Es muss doch sehr viel Liebe in dieser Ehe stecken, um solch unterschiedliche Charaktere zusammenzuhalten; vielleicht auch sehr der gemeinsame Glaube; vielleicht auch die Angst vor dem Alleinsein... Wer weiß das schon?

Ich nicht.

Ich habe mich auch verdammt wenig damit beschäftigt.

Vattern ist mir langsam zum Freund geworden. Ein Schwieriger zwar, der sich noch nicht so recht von dem Bild trennen kann, was er mal von mir entworfen hatte. Aber er hat doch mehr von meiner Wirklichkeit akzeptiert, als ich gedacht habe. Und welchen Freund habe ich denn, der nicht ein Bild von mir hat, aus dem ich mich längst raus gelebt habe?

- 11 -

Das zitierte Schweigen wirft natürlich auch nicht viel Licht auf Marie, jedenfalls für jemanden, der sie nicht kennt.

Übrigens kenne ich sie ja auch kaum, aber ich habe immerhin schon ihr Schweigen erlebt und genossen.

Vielleicht gibt es für einen Schriftsteller nichts Angenehmeres, als dass einem die Worte fehlen und man guckt in die Augen der Frau, die vor einem sitzt und sieht:

Es braucht keine Worte. Ihre Augen, die hin und her gehen, wenn sie mich ansieht. Es gibt an ihr dann kein Ohr, das Worte empfangen könnte, oder einen Mund, der etwas erwidern könnte – Sie ist nur Auge.

Der Satz hört sich furchtbar an und ist wahrscheinlich Schwachsinn, aber ich habe auch nicht erwartet, dass ich **das** beschreiben kann.

Was immer wieder beunruhigt ist die Frage:

Könnten andere, bessere, das beschreiben?!

Ich schließe die Augen, sehe Marie vor mir und höre sie auf meine Selbstzweifel sagen:

„Ach, Schnickschnack!"

- 12 -

Zu Paul fallen mir bei der Suche nach dem Lieblingszitat zuerst zwei Postkarten ein, die er mir schickte:
„Oh Mann, Frauen!"
Und:
„Du wurdest vermisst!"
Das liebste gesprochene Zitat ist: „Bleib so wie du bist!", 1986 in Gerleve gesagt und der Anfang unserer Freundschaft.

Auch sehr geliebt habe ich die Worte „Jaaa!" und „Toooooor!!!", wenn er sie im Stadion hinter mir gebrüllt hat. Doch wer den FC-Sturm (Otze) kennt, weiß, dass das nicht oft gewesen sein kann...

Aber ich muss bei Paul das Schweigen wohl auch gesondert erwähnen. Drei Stunden Mitternachtssonne haben wir zusammen genossen, ohne ein Wort zu reden. Ich weiß bis heute niemanden, mit dem ich sonst vier Wochen Urlaub aushalten würde.

P.S.:
Mit Sabine war ich drei Tage in Paris.

Wir haben Rotwein getrunken, bis es in der ganzen Stadt keinen mehr gab, aber das gehört in ein anderes Buch. Nur mal so erwähnt, wo ich den Rotwein so vor mir sehe. Ich erhebe mein Glas und proste ihr zu...

Paul hat sich dann Anfang des Jahres von Marie getrennt, aus Gründen, die er mir nie erklären konnte, die er Marie nie erzählt und selber auch nicht verstanden hat.

Dadurch fiel auch die Einladung nach Köln fürs Erste ins Wasser.

Am 25.1. war ich mit Paul und einigen Freunden im *„Krokodil"* in Bochum und überraschend kam Marie vorbei. Die beiden hatten sich eigentlich erst mal ein paar Wochen nicht sehen wollen, unterhielten sich aber nett und ungezwungen.

Bevor Marie zu ihren Bekannten nach hinten verschwand, kam sie noch extra bei mir vorbei und begrüßte mich mit einem Streichler über die Schulter. Damit hatte ich nicht gerechnet, wo wir uns bisher nur einmal gesehen hatten. Später, als ich aufs Klo ging, ein Blick zwischen uns, an dessen Beschreibung größere Schriftsteller als ich gescheitert wären...

Jedenfalls merkte ich, dass sie mich noch nicht vergessen hatte, und noch am Tisch im *Krokodil*, wo ich fast so schweigend wie beim Frühstück saß, nahm ich mir vor: Ich werde sie noch mal einladen!

Paul, bei dem ich übernachtete, meinte, das sei schon in Ordnung. Ich fragte noch, ob er mir irgendwelche Verhaltensregeln ihr gegenüber auferlegen wolle, und er meinte, das sei meine Sache, und er habe damit nichts mehr zu tun...

Vattern brauchte ich nicht um Verhaltensregeln gegenüber Frauen zu fragen, er gab sie mir so.

Zwei Hauptthemen: Sie sollte eine Christin sein, und Sex gehört in die Ehe.

Zu letzterem gab er mir sogar mal ein Buch eines evangelischen Seelsorgers, der die Frage einer sechzehnjährigen Christin, wie weit sie denn vor der Ehe, in einer Freundschaft, gehen dürfe, sinngemäß so beantwortete:

Händchenhalten und Küssen ist abzulehnen, da hierdurch Lust auf mehr entsteht.

Mein Vater begründet diese Ansichten mit einem einzigen Bibelwort:

Darum wird ein Mann seinen Vater und seine Mutter verlassen und seinem Weibe anhangen, und sie werden sein ein Fleisch. (1. Mose 2,24)

Einwände wie, dass da nichts von Ehe steht, dass Salomo tausend Frauen hatte und Abraham und die anderen Urväter ja auch nicht besonders monogam waren, versteht er mit erstaunlicher Leichtigkeit zu übergehen.

Bei allem muss ich ihm zugutehalten, dass es ja Sorge und Liebe ist, die ihn zu seinen Warnungen treibt.

(Die ja auch selten so extrem ausfallen wie oben.)

Vielleicht ist es ja sogar seine Art „Frauenhass" loszuwerden; halt mit Bibel statt Rotwein.

Vattern, Paul und ich hätten gar keinen so schlechten Stammtisch abgegeben...

Ich habe Marie dann am Telefon für das letzte Wochenende im Februar eingeladen. Sie war freudig überrascht, dass ich mich tatsächlich noch mal meldete.

P:S::

Sabine und ich hatten uns auch (vor Paul und Marie) getrennt.

Sie war für ein Jahr nach Zürich gegangen und die junge Beziehung hatte die weite Entfernung nicht überstanden.

Es war nicht mehr das, was wir uns vorgestellt hatten und so trennten wir uns im gegenseitigen Einvernehmen; spätere Wiederverbindung nicht ausgeschlossen.

Am Samstag (22.2.) habe ich Marie am Bahnhof abgeholt. Wir sind an der Uni gewesen, um ihr eventuell späteres (später tatsächliches) Betätigungsfeld anzugucken.

Auf dem Rückweg zwei der schönsten Errungenschaften Kölns genossen: Aachener Weiher und Café Krümel.

Danach zu mir:

Wir hören BAP und sie erzählt, dass „Der sanfte Wolfgang Niedecken" (Eine Cassette, die ich Paul mal gemixt habe) das erste war, was sie von BAP gehört hat und dass eines ihrer Lieblingslieder so eines mit langer ruhiger Einleitung sei.

Nach kurzem Überlegen hab ich's:

„Jupp."

„Ja."

Ein Blick auf die Fingernägel: Links kurz, rechts lang genug.

Ich blende Major Heuser sanft aus und Major Chinz beginnt.

Dafür, dass ich es lange nicht gespielt habe, klingt es sehr gut.

Marie steht vom Stuhl auf, legt sich auf den Boden, ihren Kopf auf mein Sitzkissen und lauscht mit geschlossenen Augen und einem zufriedenen Lächeln im Gesicht.

Schwer zu sagen, was ich jetzt schon empfinde und was ich erst später hineininterpretieren werde, aber es haut mich um, wie sie da liegt und lauscht.

Eigentlich liegt sie ja auf dem Boden vor mir, aber in Wahrheit liege ich ihr zu Füßen. Ich genieße, wie sie mich genießt.

Irgendwann ist mein Repertoire leider zu Ende, und es wird auch Zeit zum Rhein zu gehen, bevor es ganz dunkel wird.

Am Rhein sitzen wir im Sand, drei brennende Fackeln um uns in den Boden gerammt. Im Feuerschein spiele ich ihr Gitarre vor und singe. Dabei starren wir auf den Rhein, die dahinfließenden Wellen, die Lichter der Stadt und der Brücken.

Als mir die Finger weh tun, lege ich die Gitarre beiseite und lehne meinen Kopf an ihre Schulter. Wir genießen schweigend den Anblick; nur ab und zu eine kurze Bemerkung über die Schönheit Kölns und wie gut es uns gerade geht.

Zwei Leute bleiben auf der Mülheimer Brücke stehen und schauen uns einige Zeit zu. Wahrscheinlich halten sie uns für Verliebte und beneiden uns. Mit letzterem tun sie recht – Uns geht's saugut!

Hätte ich mit Paul dort gesessen, hätte es keine Fackeln gegeben, dafür Rotwein. Wir hätten beide Gitarre gespielt und zusammen gesungen. Dann hätte er mir noch ein Ständchen gebracht:

Auf die Melodie von „Über den Wolken" ein spontan erdachtes, mindestens zwölfstrophiges Lied, jede Strophe mit demselben Anfang:

„Und der Chinz, die alte Sau..."

Irgendwann hätten wir dann bei einer Pfeife (Paul) und einer Lucky Strike (Chinz) wieder über die eine Frage geschwiegen: *„Warum?!"*

Vielleicht hätten wir zwischendurch auch mal etwas über die Schönheit Kölns gesagt oder über die Krise des FC.

Hätte ich mit Vattern dort gesessen, hätte es wohl weder Fackeln, noch Gitarre, noch Rotwein gegeben; dafür hätten wir zusammen Trompete gespielt und es wären sicherlich einige Leute auf der Brücke stehen geblieben; vielleicht wär sogar ein Schiff gesunken.

Wenn zufällig doch eine Gitarre am Strand rumgelegen hätte, hätte ich ihm „Tage mit Sturm und Regen" vorgespielt und er hätte, den Kopf auf eine Hand gestützt, auf den Rhein gestarrt...

Mit allen dreien also würde ich viel schweigen und doch mit jedem anders.

Mit Marie ist es ein genießendes Schweigen. Keine Suche nach Worten. Freude über die Umgebung und über den Freund an der Seite. Von mir aus bräuchte es nie zu enden.

Mit Paul oft ein Schweigen über ein Thema. Wir wissen beide, was der andere denkt und brauchen nichts mehr zu sagen. Insbesondere über Frauen und FC – Wir schweigen resigniert und atmen Rauch aus. Ein Thema kann man nicht endlos beschweigen.

Mit Vattern oft ein Verschweigen. Ich verschweige, was ich mir wünsche, was mich bewegt, weil ihm vieles nicht gefallen würde. Er würde sich große Sorgen machen, den Kopf auf die Hand stützen und Sorgenfalten kreieren.

Mit ihm schweige ich am liebsten in einer großen Menschenmenge, die wild aufeinander einredet – Ich denke da an diverse Familienfeiern – Wir schauen uns gegenseitig mitleidig an und boykottieren weiterhin die Konversation.

Ich hätte ihn gerne beim Frühstück in Bochum dabei gehabt.

- 16 -

Was ist mein Lieblingszitat von mir?
Ich schrieb es am 24.2. im Kyffkeller:
Dieselbe Stimmung wie nach einem wunderschönen Film, bloß dass dieser Film Wirklichkeit für mich war... Ich kann es kaum glauben... Ich würde das Leben gerne noch einmal leben!

- 17 -

Am Montag nach dem Wochenende, bevor sie wieder fuhr, habe ich mit Marie im Café Krümel gefrühstückt.

Wir haben das Wochenende resümiert und in die Zukunft gelugt:

Marie hat Angst, wie Paul es verkraften wird.

Das macht mir, auch bei genauerem Nachdenken, kaum Sorgen.

So wie ich ihn kenne und ihn in den letzten Monaten verstanden habe, dürfte es ihn eigentlich nicht sehr interessieren. Mehr Sorgen mache ich mir, wie Sabine damit zurecht kommt. Sie schien doch wieder sehr viel Hoffnung auf uns zu setzen.

Resümee:

Es waren die gefülltesten zwei Tage, die ich je erlebt haben werde.

Ich kam mir danach vor, als hätte ich Wochen Urlaub hinter mir. Erholsamer Urlaub, obwohl wir dauernd etwas gemacht haben.

Wahrscheinlich hätte ich mit Marie auch achtundvierzig Stunden joggen können und hätte mich danach erholt gefühlt...

Es gab nie jemanden, mit dem ich meine Lieblingsbeschäftigung **so** ausleben konnte: Genießen.

Ich weiß nicht, wie ich das beschreiben soll. Es wäre ja auch mehr eine Aufgabe für sie, als Logopädin, dafür Worte zu finden.

Es gab eine Menge Zärtlichkeiten am letzten Abend des Urlaubs.

Wir haben nicht miteinander geschlafen.

Es gibt zwei Filmrisse in meinem Leben:

Einmal hat mich Dieter so dermaßen mit Cointreau (nach drei Liter Reissdorf-Kölsch als Grundlage) zugeschüttet, dass ich um halb zwei aus dem Kyffkeller wankte, und als ich die zwei Kilometer entfernte Wohnungstür aufschloss, war es fast sechs Uhr...

Nun gut, ich schlurfe oft recht langsam durch die Gegend. Vielleicht bin ich auf einer Schnecke ausgerutscht, die ich nicht gesehen habe, weil sie von hinten kam.

Glücklicherweise stand in den nächsten Tagen nichts von irgendwelchen ungeklärten Verbrechen in der Zeitung. Wäre Dieter Bohlen in dieser Nacht ermordet worden... - Ich wär mir nie ganz sicher gewesen, es nicht gewesen zu sein.

Der andere Filmriss (Die schönere Trunkenheit):

Ich liege mit Marie auf meiner Matratze, wir küssen, streicheln und knuddeln uns schon eine Weile, als ich sie frage, ob sie mit mir schlafen will. Sie sagt, dass sie ihre Tage habe und wir knuddeln so weiter.

Als nächstes weiß ich, dass sie am Ende der folgenden Casettenseite in meinem Arm schläft. Was dazwischen war, weiß ich nicht mehr. Nur zwei kurze Momentaufnahmen:

Einer von uns beiden stößt gegen den linken Lautsprecher neben dem Bett; ich weiß nicht, wer von uns beiden – Ich habe uns nicht als zwei Personen in Erinnerung.

Und einmal, wie sie sich über mich beugt, ihre langen Haare meine nackte Brust streicheln, während ihre Augen das Dunkel besiegen.

Aber das kann ja nicht alles gewesen sein bei neunzig Minuten Cassette...

Das eigentlich Erstaunliche dabei:

Es ist mir völlig egal, was in dieser Stunde war. Ich weiß nicht mehr, wie ihre Küsse schmecken, wie sich ihre Hände auf meiner Haut anfühlen; ich weiß nur, dass es wunderschön war, dass ich noch nie so selbstvergessen genossen habe, aber dass es trotzdem nicht der Höhepunkt dieses Wochenendes war... - Mehr der Ausklang eines wunderbaren Tages.

Es gibt einige Szenen dieses Urlaubes, die mir mehr bedeuten, wo ich viel darum geben würde, sie noch einmal so erleben zu dürfen - man kennt das... Stellvertretend für vieles möchte ich noch mal diesen Anfang erwähnen:

Wie sie sich auf den Boden legt, um „Jupp" zu lauschen;

wie ich das erste Mal dieses tiefe Erschauern spüre.

Ein armes Kind der Straße wurde von einer großzügigen alten Dame zu sich genommen. Sie badete ihn und gab ihm das erste Mal satt und lecker zu essen. Er verlebte eine kurze, glückliche Zeit.

Dann starb die alte Dame.

Der Junge wurde von den Erben rausgeschmissen.

Zweierlei:

Er war froh, wieder in der frischen und freien Luft der Straße zu sein. Raus aus dem stickigen Haus, weg von seltsamen Benimmregeln, insbesondere beim Essen...

Andererseits: Hunger! Und zwar konkreter Hunger.

Natürlich hatte er schon früher Hunger gehabt; aber er kannte nicht viel Essen. Es war ein unbestimmter, träumerischer Überlebenshunger.

Heute sieht er die Sachen in den Geschäften und weiß, wie sie schmecken *würden*.

Sie sind unerreichbar...

- 19 -

Noch am Montagabend bringe ich die beiden Telefonanrufe hinter mich.

Zuerst Paul. Wie üblich rede ich los, ohne vorher zu überlegen, was ich sagen werde. Ich habe mich tatsächlich auf das Gespräch gefreut und gehofft, gerade mit ihm, als „Marie-Experten", mein Glück teilen zu können.

Phänomenaler Griff ins Klo.

Ein Missverständnis jagt das vorherige und wir verbleiben unklar bis Donnerstag, wo wir mit Olaf eine Verabredung zum Skat haben.

Ich sitze eine Weile im Telefonsessel und starre vor mich hin, noch Worte wie *Charakterschwein* und *Casanova-Imitation* im Ohr.

Aber jetzt muss ich da durch, auch durch den nächsten Anruf:

Sabine. Wahrlich auch kein einfaches Gespräch, mit vielen langen Pausen und einigen stillen Tränen, aber ehrlich und offen und als ich auflege, geht es mir besser als vorher.

Zum Glück bin ich todmüde (achtundvierzig Stunden Joggen) und schlafe erstaunlich gut.

Am nächsten Vormittag ruft Sabine von der Arbeit (im Züricher Krankenhaus) an, um mir zu sagen, dass es ihr gut geht und sie sich für mich freut. (!)

Als ich am Abend von der Arbeit (im Weyertaler Krankenhaus) zurückkomme, hängt ein Zettel an der Tür:

Paul hat angerufen. Der Skatabend fällt aus. Mehr nicht.

Ich rufe zurück, doch er ist nicht da.

Marie ist leider auch nicht da.

- 20 -

Ich war mit Paul am Nordkap. Ein sonniger Tag mit aufziehendem Nebel am Abend.

Wir haben ein Foto von uns vor der Weltkugel gemacht, haben viel am Abhang gesessen und gestarrt, meist alleine.

Wenn wir uns zwischendurch trafen, haben wir über die blöden deutschen Touristen gelästert und uns schweigend unsere Ergriffenheit mitgeteilt.

Ich war im Andenkenladen und habe zwei Eisbären und fünfzehn Ansichtskarten gekauft. Einen Eisbär habe ich später verschenkt, den anderen behalten.

Wir haben uns auf dem Felsen unter der Weltkugel verewigt...

Wäre ich mit Marie da gewesen, hätten wir viel zusammen gestarrt, ich meinen Kopf an ihre Schulter gelehnt.

Vielleicht hätte ich sie auch zu ein paar Fotos überreden können. Wir hätten uns auf dem Felsen verewigt und ich hätte später ein Herzchen drumherum gemacht.

Ich hätte keine Karten geschrieben, dafür hätte ich Marie einen Eisbären geschenkt. Aus dem Laden kommend, hätte sie auf der Bank am Felsen gesessen und nach Norden gestarrt und ich hätte einige Zeit mit dem Eisbären in der Hand gestanden und sie angestarrt, wie sie da starrt...

Mit Vattern wäre ich an dem Tag gar nicht hingefahren, weil ich am Vortag noch Schüttelfrost hatte und er mich bestimmt lieber noch einen Tag im Bett gesehen hätte.

(Am nächsten Tag war dann aber nur noch dichter Nebel am Nordkap.)

Am Nordkap hätten wir zusammen und alleine gesessen und ich hätte Tagebuch und er Briefe geschrieben.

Wir hätten auch viel gestarrt, er wahrscheinlich den Kopf auf der Hand. Wir hätten im Restaurant zusammen gegessen und ich hätte mindestens fünfundzwanzig Karten geschrieben...

- 21 -

Rosenmontag (Eine Woche nach dem Wochenende) habe ich Marie in Bochum besucht. Wieder zwei Tage mit viel Unvergesslichem, Wunderbarem, aber auch mit einem Satz, der schwer zu verdauen war und ist:

Sie will mich „nur" als guten Freund...

Irgendwann am Tag vorher stelle ich die These auf, dass ich Paul und Marie wieder zusammengebracht haben könnte, weil Paul nun wieder erkannt hat, von wem er sich da getrennt hat und wie viel sie ihm noch bedeutet.

Sie ist ziemlich getroffen von der Idee und fragt, wie ich das finden würde.

Also noch eine These:

„Ich glaube, ich würde mich für euch beide freuen."

Mag sein, dass ich das damals wirklich geglaubt habe...

Veilchendienstag: Frühstück mit Marie in einem Café am Bochumaner Bahnhof. Wieder Resümee und Zukunft.

Beim Resümee geht noch eine These daneben, an die ich glaubte, als ich sie sagte:

„Ich glaube, ich habe jetzt begriffen, dass du nur ein normaler Mensch bist."

Zur Zukunft habe ich eine Vorstellung, die ich wunderbar finde, ihr aber nicht erzähle, da sie völlig anders ist als ihre, die sie gestern Abend ja schon erwähnte.

Ich habe stundenlang wach gelegen und alle Tonlagen des Wortes „nur" durchlebt, so dass ich heute keine Ahnung mehr habe, wie sie es wirklich gesagt hat...

Dienstagabend dann mit Paul und Tim im Kyffhäuser Keller. Tim zieht sich irgendwann zurück und Paul und ich schweigen mal nicht.

Dass man offen und ehrlich miteinander reden kann und doch aneinander vorbei!

Sorry seems to be the hardest word…

Er sagt einiges über Marie und mich, was weh tut, sehr weh tut.

Nachher sind wir noch zusammen bei der Nubbelverbrennung und wissen nun endlich, wer alles schuld ist:

Der Nubbel, das Arsch!

- 22 -

    Wenn im Wein die Wahrheit liegt, dann habe ich noch nicht den richtigen Wein gefunden. Ich schreib hier doch nur um den längst kalten Brei rum. Die Wahrheit ist:
    Scheiße! Scheiße!! Scheiße!!!
    Und was ich hier mache, ist der Versuch das zu beschreiben, zu umschreiben, zu erklären, und was kommt dabei raus? - Scheiße!
    Aber diese Scheiße beschreibt die wahre Scheiße nicht.
    Ich habe einfach Thema und Stilmittel verwechselt.
    Sch...ade eigentlich.

Alles gelogen, und doch war es in mir drin, ein kleiner Teil von mir, der mir nicht gefiel und der jetzt raus ist.
    Das Blatt, das ich beschreibe, als Psychotherapeut,
    die Bank, auf der ich sitze, als Couch.
    Manchmal das Gefühl, dass **alles**, was ich geschrieben (und gesagt?) habe, gelogen ist; dass ich die kleinen fremden Sachen aus mir raus befördere, damit nur noch das wahre Ich übrig bleibt. Nur:
    Das, was hier so übrig geblieben rumsitzt, überzeugt mich nicht.

    Manchmal ist ein Gedanke, ein Gefühl wahr, bis ich es ausgesprochen (hingeschrieben) habe. Auf einmal ist der Gedanke absurd oder einfach gebraucht; das Gefühl in Worte gezwängt und dort erstickt es sofort, wie ein aus dem Wasser geholter Fisch.

Diese Spannung, dieses Vorspiel, bis man einen Gedanken geformt hat, ein Gefühl in Worte gefasst hat, und dann spricht man es aus - Es ebbt sofort ab und es bleibt die Ernüchterung.

Man dreht sich zur Wand und schläft ein.

Manchmal ein Gefühl von Schuld...

P.S.:

Monatelang habe ich mit mir gekämpft, mich geprüft, beobachtet, Gefühle differenziert und auf Haltbarkeit geprüft, schlaflose Nächte verbracht (Sowas gibt's wirklich!) und dann sage ich es ihr endlich:

„Ich liebe Dich!"

Und der Satz liegt nackt in der Luft und das Echo erschreckt mich:

All diese Monate, die Kämpfe lagen in dem Satz, den ich losgeschickt habe und das Echo in meinem Ohren ist nur eine leere Phrase aus hundert Filmen und Büchern, tausend Mal einfach so daher gesagt, spontan, ohne Kampf.

Ich schaue ihr bang in die Augen - Wie klang es in ihren Ohren?

- 23 -

„Ich liebe dich!" - Was heißt denn das?

Zum einen ist es ein Satz, der auf dünnem Eis zu dir geht.

Ich darf ihn nicht schwer beladen, sonst bricht er ein.

Ich habe Angst um ihn und ich habe Angst, wie er bei dir ankommt.

Eigentlich sollte ich ihn zurückhalten und warten, bis das Eis stabiler geworden ist, aber ich weiß weder, ob du am anderen Ufer wartest, noch ob das Eis nicht noch dünner wird, und ich selber kann mit dem Satz für mich nichts anfangen. Er ist für dich. Er muss raus.

Und wenn er dann halt einbricht, so wird er auf den Grund unserer Erinnerungen sinken. Immer noch besser, als wenn er in meinem Herzen vertrocknet.

Zum anderen ist es ein Keim, der gerade aus der Erde gebrochen ist.

Ich weiß nicht, was daraus wird (Baum, Unkraut, Blumenkohl), ich weiß nur, dass es unser Keim ist und dass ich ganz furchtbar aufgeregt bin.

Ich könnte den Keim stundenlang, ach tagelang nur anstarren und glücklich an die zwei Tage denken, an denen er hervorbrach. Doch oft wiegt die Angst in mir schwerer, die Angst, dass er verdorrt, ertrinkt, zertrampelt wird, was weiß ich. Ich verfalle in panische Hektik:

Was soll, muss ich tun?! - Begießen, beschneiden, jäten, düngen, dran ziehen, drauf drücken?

Ach Chinz, es ist alleine rausgekommen;
    schaue es an und lass es wachsen!

- 24 -

Vor zehn Jahren, auf Ibiza, bin ich einmal mit Vattern morgens zum Strand gegangen, um den Sonnenaufgang zu fotografieren. Wir waren allerdings viel zu früh da und saßen noch lange auf dem Felsen, warteten auf die Sonne, hörten dem Meer zu und guckten in die Sterne. Wir haben wenig gesprochen.

Paul wäre nicht mitgekommen. Er hätte sich geweigert, das warme Bett zu verlassen. Er hätte mir noch was gewünscht, sich umgedreht und weitergepennt. Ich wäre allein zum Strand gegangen, hätte versucht zu fotografieren und davon geträumt, über das Wasser gehen zu können.

Marie wäre mitgekommen, womöglich hätte die alte Frühaufsteherin mich Morgenmuffel dazu überredet. Ich hätte das Fotografieren sein gelassen und nur den Augenblick genossen.

Wir hätten uns drei Sterne ausgesucht: Einer für sie, einer für mich und einer für uns.

Später hätten wir, ich meinen Kopf an ihre Schulter gelehnt, den Sonnenaufgang bestaunt und geschwiegen.

Hätte sie gefragt, ich wäre für sie über das Wasser gegangen...

- 25 -

„Madame,

weit davon entfernt, Worte zu besitzen, die auch nur annähernd etwas von Ihrer Schönheit, Ihrer Anmut, Ihrer Ausstrahlung beschreiben könnten, will ich doch versuchen, etwas von den Gefühlen zu beschreiben, die Sie in mir erwecken.

...

Ich bin wie ein Strand, der nicht genug von Ihren Wellen bekommen kann und der bei jeder Ebbe Angst hat, Sie seien für immer gegangen und er müsse in der Sonne verdorren.

Doch dann kommen Sie wieder über mich in einer Sturmflut, die alle Sandburgen, die ich aus Langeweile gebaut habe, platt macht und einen verwüsteten, erschlagenen, aber glücklichen Strand zurück lässt.

...

Wären Sie der Strand, Madame, so wäre ich eine Welle, die immer wieder zu Ihren Füßen vergehen würde. - Sie ewig berührend und nie besitzend."

Inspiriert durch „Cyrano von Bergerac" schreibe ich Marie einige Wochen lang fast täglich einen Brief. Aber selbst solche gelungen Passagen erscheinen mir immer noch maßlos untertrieben.

Wenn ich meinen Gefühlen freien Lauf ließe oder sie sogar noch aufputschen würde - Kein Zweifel, dass ich vor Glück sterben könnte.

Ich weiß nicht, wie ich das einem Mediziner erklären soll, aber ich könnte meinen Körper verlassen und im Glück leben, da ist alles was ich brauche; und jeder, der mich dann in dieses profane Bewusstsein hier zurück holen würde, wäre ein Verbrecher, dem ich ohne Probleme eine lange, gelbe Nadel ins Großhirn rammen und 10ml Incidin pur injizieren würde.

Es gab schon mal schönere Texte über Liebe,

es gab schon mal bessere Schriftsteller;

aber ich bezweifele, dass jemals jemand jemande so dermaßen genossen und noch irgendein Verb, das es noch nicht gibt, hat.

Will sagen:

Ich bin unverdientermaßen der glücklichste Mensch der Welt!

Paul und Marie haben mir dann viel Zeit zum Nachdenken gelassen.

Beide meldeten sich lange nicht.

Irgendwann in der Zeit sind sie wieder zusammengekommen, glaube ich.

(Sabine und ich haben uns an Weiberfastnacht endgültig getrennt und sind zum Glück Freunde geblieben, oder sogar geworden, aber wie gesagt, ein anderes Buch...)

Ich erfuhr es zuerst durch Dorit und kurz darauf sagte Marie bei einem Besuch zu meinem Geburtstag (dem ersten seit dem Wochenende hier):

„Es wäre falsch zu sagen, wir sind wieder zusammen, aber es wäre auch falsch zu sagen, wir seien nicht zusammen."

Es brauchte eine gewisse Zeit, bis ich das begriffen habe.

Ich einigte mich mit meiner Verliebtheit auf einen Kompromiss:

Ich akzeptiere das, lasse sie in Ruhe und versuche es ihnen zu gönnen (Paul ist ja nun wahrlich nicht der Schlechteste, der ihr passieren kann), aber sobald sie auseinander oder unglücklich sind, bzw. sie mit jemand anderem zusammen, werde ich kämpfen, werde ich duellieren, werde ich explodieren usw. - Ich rede oft so einen Unfug mit mir. Aus Höflichkeit tue ich so, als würde ich mir zuhören...

Wider Erwarten gelang es sogar einigermaßen. Ich habe noch einige wunderbare Abende mit Marie erlebt und langsam wurden auch die Treffen mit Paul nicht mehr *nur* zwanghaft.

Am Examensabend (16.9.) sah ich sie dann zum ersten Mal wieder zusammen, allerdings war ich schon ziemlich betrunken, als sie im Kyffhäuser Keller vorbei kamen.

Ich habe auch hier keinerlei Zärtlichkeiten der beiden im Gedächtnis...

- 27 -

Im Rahmen der Ausbildung zum Krankenpfleger musste ich zwei Tage in das Säuglingszimmer unseres Krankenhauses.

Kurz vor Ende des ersten Tages komme ich vom Flur in den großen Bettchensaal und sehe von hinten Marie, die ihren Sohn stillt...

Die Haare und der Oberkörper stimmen jedenfalls exakt überein (von hinten).

Ich gehe unter einem Vorwand, den ich nicht kenne, in den Nebensaal und kann sie nun auch von vorne sehen. Sie hat zwar ein völlig anderes Gesicht, ist aber auch sehr schön.

Das Bedürfnis, sie von hinten zu umarmen und meinen Sohn auf den Arm zu nehmen, legt sich nur langsam...

Zufällig war sie dann auch die einzige Mutter, mit der ich kurz ins Gespräch kam. Sie wollte etwas wissen, ich erklärte mich für nicht kompetent, da nur Schüler für zwei Tage.

Sie wünschte mir „Viel Spaß."

Und ich wünschte ihr „Auch viel Spaß."

Und sie meinte: „Den habe ich!"

Vor mir ein frisch gefülltes Glas, dass, falsch, das, aber was hilft die richtige Grammatik, wenn man keinen Inhalt hat, obwohl mir gerade auffällt, dass (!) das (!) ja nur Rechtschreibung ist, nichts mit Grammatik oder..., ach Fuck!

Nun denn, der frische Wein steht also vor mir, und ich weiß eigentlich, was ich zu tun habe: Austrinken oder sowas, aber warum?, warum ich?! bläh! (Oder Bläh?! - Ich habe keine Ahnung von Rechtschreibung!)

Ist es vielleicht endlich mal wieder diese Arroganz; das Gefühl, dass das Leben zu primitiv für mich ist, nein falsch, ich zu genial für dieses Leben bin. Es gibt da einen entscheidenden Unterschied, den spätere Kritiker dieses großen Werkes benennen mögen, ich habe da keinerlei Motivation zu.

Ich sitze am Tisch, das Blatt mir gegenüber; doch ich habe ihm nichts zu sagen.

Ich starre aus dem Fenster auf die Straße. Leute gehen vorbei. Manche starren mich kurz an und denken sich ihren Teil. Ich denke nicht, ich starre nur.

Ab und zu trinke ich etwas Wein und schaue das Blatt an, das blass aussieht.

Ich weiß nicht, was es von mir erwartet hat, aber es ist offensichtlich, dass ich es enttäuscht habe. Was soll's? Mir ist das momentan egal, ich habe genug mit mir zu tun.

(Ehrlich? Was denn?!?)

Was tut das Blatt für mich? Es merkt sich akribisch alles, was ich schreibe und wirft es mir dann am nächsten Tag, wenn ich wieder nüchtern bin, an den Kopf und schaut mich verächtlich an. Tolle Beziehung das...

Manchmal große Lust, das Blatt zu zerfetzen, zerreißen, in tausend Winde zu zerstreuen, qualvoll verbrennen. Ist mir peinlich, aber es ist so: Ich könnte es umbringen.

Manchmal auch der Wunsch Analphabet zu sein und nur davon zu träumen, dass ich schreiben könnte. Im Traum wäre es einfacher.

- 29 -

„Hat es sich gelohnt?"
Ich sitze auf dem Berg, den Kopf auf die Hand gestützt.
Eigentlich eine bescheuerte Frage im Bezug auf das Wochenende.
Ja, ja, ja, verdammt nochmal, ja!!!
Es war die grandioseste Bergwanderung, die ich je gemacht habe, der schönste Ausblick, den ich je von einem Gipfel hatte usw. Nur ist halt mein bester Freund in eine Gletscherspalte gefallen.

Hm... Nicht ganz stimmig der Vergleich, denn er sitzt jetzt ja auf dem Gipfel und ich im Tal, oder sogar in der Gletscherspalte?

Vergiss es!
Wo Marie jetzt wohl sitzt und was sie gerade denkt?
Vergiss es!
Ich könnte noch zwei Liter Wein nachschütten und komatös unterm Tisch einschlafen und ich würde am nächsten Tag aufwachen und hätte es immer noch nicht vergessen...

- 30 -

Vattern und ich sind Freunde.

Beide mit dem Bewusstsein, viel vor dem anderen zu verbergen, aber dadurch auch mit Bereitschaft zu lernen; mit einem noch nicht fertigen Bild...

Für Paul und mich sind Welten mit den Bildern zusammengebrochen.

Vielleicht waren die Bilder gar nicht mal falsch, nur die Wirklichkeit einfallsreicher. Das Bild der alten Freundschaft ist zu tief in mir drinnen, als dass wir das, was wir jetzt haben, als Freundschaft bezeichnen könnten.

Waffenstillstand, mit Aufnahme von diplomatischen Beziehungen und Freundschaftsspielen zwischen den Nationalmannschaften, aber noch gefährlich verminte Felder...

Mit Marie schien es mir eine wunderbare Freundschaft zu werden.

Viele spontane, kurze Besuche, viele Briefe von mir und dann kommt mir doch wieder meine Verliebtheit in die Quere. Oder besser gesagt, meine Eifersucht?

Ich kann ihr (noch) nicht (nur) Freund sein!

(...Nicht die Unfähigkeit auszudrücken was ich fühle;
  Ich kann da eine ganze Menge sagen.
  Mehr die Unfähigkeit zu wissen, was ich fühle,
  Die Unfähigkeit meine Gefühle zu spüren.
  Vielleicht sogar die Unfähigkeit zu fühlen.)

- 31 -

9. November 1992:

Eingekeilt zwischen hunderttausend Menschen auf und um den Chlodwigplatz werde ich hin und her geschoben. Anfangs stehe ich noch leicht vor Marie & Paul, doch die Masse drückt mich nach hinten, so dass ich die meiste Zeit des „Konzert gegen Rechts" hinter den beiden stehe.

Sie lehnt sich an seine Schulter, er gibt ihr ab und zu einen Kuss... - Lässt sich alles verkraften, ist ja für eine gute Sache.

L.S.E. und Bläck Fööss die Höhepunkte des Konzerts und kurz vor Schluss kommt dann endlich BAP.

Ein Gruß ins Volk und der Major schrabbelt seine Gitarre.

Marie dreht sich zu mir um und guckt mich mit leuchtenden Augen an: Das ist „Jupp"!

Der Major lässt zwar das Vorspiel weg und kommt direkt zur Sache, aber: Es ist Jupp! (Das Vorspiel habe ich vor achteinhalb Monaten für ihn besorgt.)

Marie guckt schon längst wieder nach vorne.

Ich habe das dringende Bedürfnis, sie zu umarmen, meinen Kopf auf ihre Schulter zu legen, aber die beiden nehmen mir die Arbeit ab:

Marie lehnt ihren Kopf an Pauls Schulter und er umarmt sie...

...

...Es ist ja schon ein verdammt tragisches Lied, über jemand, der etwas nie gerafft hat..., irgendwie...

Irgendwo zwischen dem Vorspiel und Hauptteil von Jupp

war unsere Zeit. Ein winziger, wunderschöner Augenblick.

P.S.:
Ich habe vor dem Konzert nicht gewusst, wie bescheuert verliebt-eifersüchtig-egoistisch ich bin; wie wenig Glück ich ihr (und ihm) gönne.

Ich bin kein guter Freund.

Tue viel für sie, würde noch viel mehr tun, aber nur um sie zu faszinieren, letztendlich um sie zu gewinnen, um mein angeschlagenes Selbstvertrauen aufzubauen.

„Ich hab dich lieb."

„Ich liebe dich."

All das... Ich habe es mit Überzeugung, mit vollem, glücklichen Herzen gesagt. Und doch:

Heute erscheint es mir alles gelogen. Aus Unwissenheit. Ich habe die beiden vorher nie als Paar gesehen...

Ach Gott..., ne, ich wollte sagen: Ach Chinz! Und was wollte ich dann sagen?

Nichts.

Nun, das ist mir gelungen...

(Was rafft Vattern nie, wenn er ins Leere starrt, den Kopf auf die Hand gestützt?)

Vattern und ich haben sehr viel geschwiegen, uns einiges verschwiegen.

Wir mochten uns sehr gern, aber wir hatten Angst voreinander.

Ich habe vieles von ihm geerbt und ausgelebt, was er nie ausleben konnte.

Ich glaube, er hätte sich über einiges gefreut, mitgefreut, wo ich es ihm nicht zugetraut hätte, wenn ich es ihm denn erzählt hätte.

Wir waren nicht offen zueinander, zu gefangen in den Rollen des erziehenden Vaters und Vorbilds, und des Sohnes, an den Erwartungen gestellt werden...

Paul und ich haben viel geschwiegen und viel geredet, bewusst nichts verschwiegen. Vielleicht einiges nicht gesagt und gefragt, weil wir zu sehr auf das Bild vertrauten, das wir voneinander hatten.

Ich habe vieles von ihm gelernt und einiges exzessiver ausgelebt als er. Einiges habe ich ja nur getan, um es ihm erzählen zu können.

Wir waren ehrlich zueinander, auch nach dem Wochenende, nur das Thema Frauen wurde noch heftiger beschwiegen als früher, obwohl wir keine Ahnung mehr hatten, was der andere denkt.

Ich habe ihm seine Verletztheit nicht zugetraut.

Waren wir zu sehr gefangen in den Rollen, die wir füreinander hatten?

Ich weiß nicht, ob er sich selbst vorher nicht kannte und ich ihn deswegen falsch einschätzte oder ob ich ein schlechter

Freund war und mir nicht genügend Mühe gab, ihn kennenzulernen.

Ich hätte nie gedacht, dass **diese** Freundschaft zerbrechen könnte, schon gar nicht am Thema Frauen!

P.S.:
Bis zu „Jupp" habe ich nie nachfühlen können, wie beschissen er sich gefühlt haben mag.

Marie und ich haben viel geschwiegen.

Wir haben auch einiges gesagt, ehrlich und offen, aber das Entscheidende, das Unvergessliche war ohne Worte.

Wir kennen uns im Schweigen, und das ist mir der liebste Teil jedes Menschen, aber sonst kennen wir uns wenig und darüber stolpere ich.

Es ist mühsam, die Oberfläche kennenzulernen, wenn man zuerst die faszinierenden Tiefen erlebt hat. Ich kenne sie wie kaum jemanden und wie sie vielleicht kaum jemand kennt, aber ich weiß fast nichts von ihr...

Ich habe auch von ihr gelernt, bzw. wieder neu gelernt:
Das Schweigen.

Ich habe zu viel geredet in der letzten Zeit, vielleicht auch zu viel geschrieben...

P.S.:
Nie das Gefühl, Marie mit irgendwas, was ich über sie schreibe, gerecht zu werden. Zwei Mal habe ich jetzt ein Buch darüber geschrieben, doch die wahre Geschichte werde ich nie erfahren...

- 33 -

Mein Brüderchen kommt rein, den Pinsel in der einen, das leere Rotweinglas in der anderen Hand und sagt:
„Jetzt reicht's!"
Er hat recht...

Köln, den 23.11.92